CUENTO DE LUZ

A mis dos amores, Álvaro y Pablo, para que sigáis siendo grandes lectores.
—Paula Merlán
A mamá Daisy.
—Brenda Figueroa

PAPEL DE PIEDRA®
SIN ÁRBOLES · SIN AGUA · SIN CLORO

Este libro está impreso sobre **Papel de Piedra©** con el certificado de **Cradle to Cradle™** (plata). Cradle to Cradle™, que en español significa «de la cuna a la cuna», es una de las certificaciones ecológicas más rigurosa que existen y premia a aquellos productos que han sido concebidos y diseñados de forma ecológicamente inteligente.

Empresa B Certificada

Cuento de Luz™ se convirtió en 2015 en una **Empresa B Certificada©**. La prestigiosa certificación se otorga a empresas que utilizan el poder de los negocios para resolver problemas sociales y ambientales y cumplir con estándares más altos de desempeño social y ambiental, transparencia y responsabilidad.

Morderse las uñas
© 2021 del texto: Paula Merlán
© 2021 de las ilustraciones: Brenda Figueroa
© 2021 Cuento de Luz SL
Calle Claveles, 10 | Urb. Monteclaro | Pozuelo de Alarcón | 28223 | Madrid | Spain
www.cuentodeluz.com
ISBN: 978-84-18302-34-3
Impreso en PRC por Shanghai Cheng Printing Company, julio 2021, tirada número 1838-15

Morderse las uñas

PAULA
MERLÁN

BRENDA
FIGUEROA

Antes de irse a dormir, Sara lee su libro de aventuras y se muerde las uñas. Mientras tanto, dentro de su cuerpo, pasan cosas asombrosas...

—¡Intrusas! —protestan los dientes—. ¡Fuera de aquí! Solo
queremos morder alimentos como: manzanas, tomates, pimientos...

De repente, una uña despistada se adentra en el túnel.

—¡Cuidado, que me arañas! —se queja la garganta al verla pasar.

La uña continúa hasta una señal que la detiene.

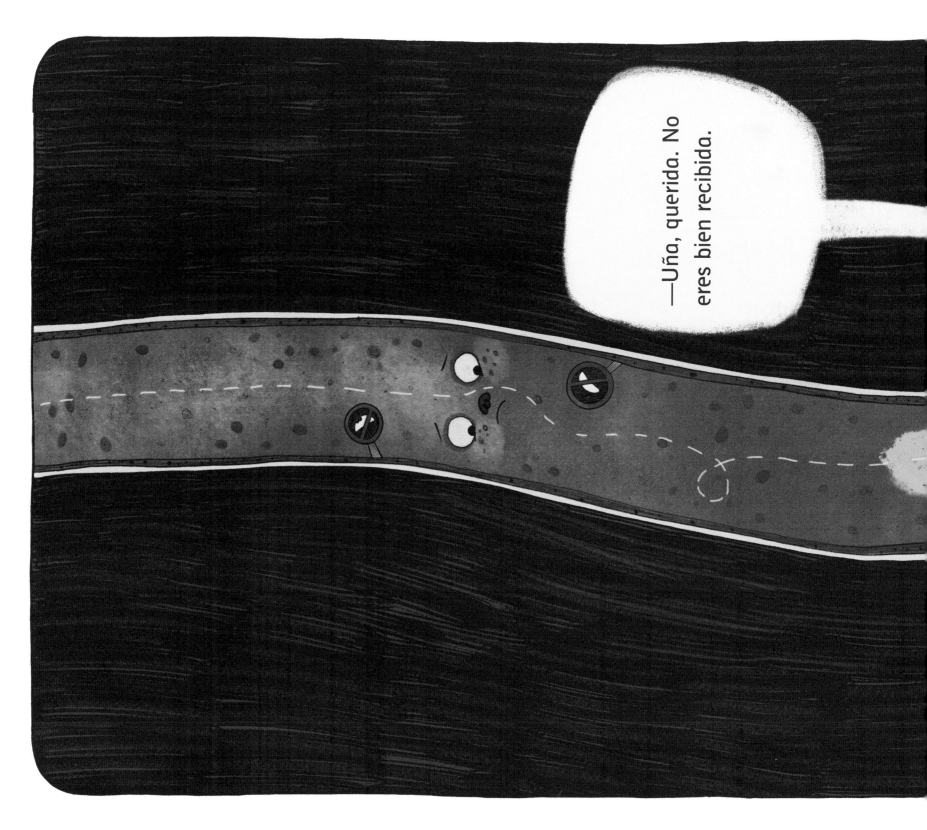

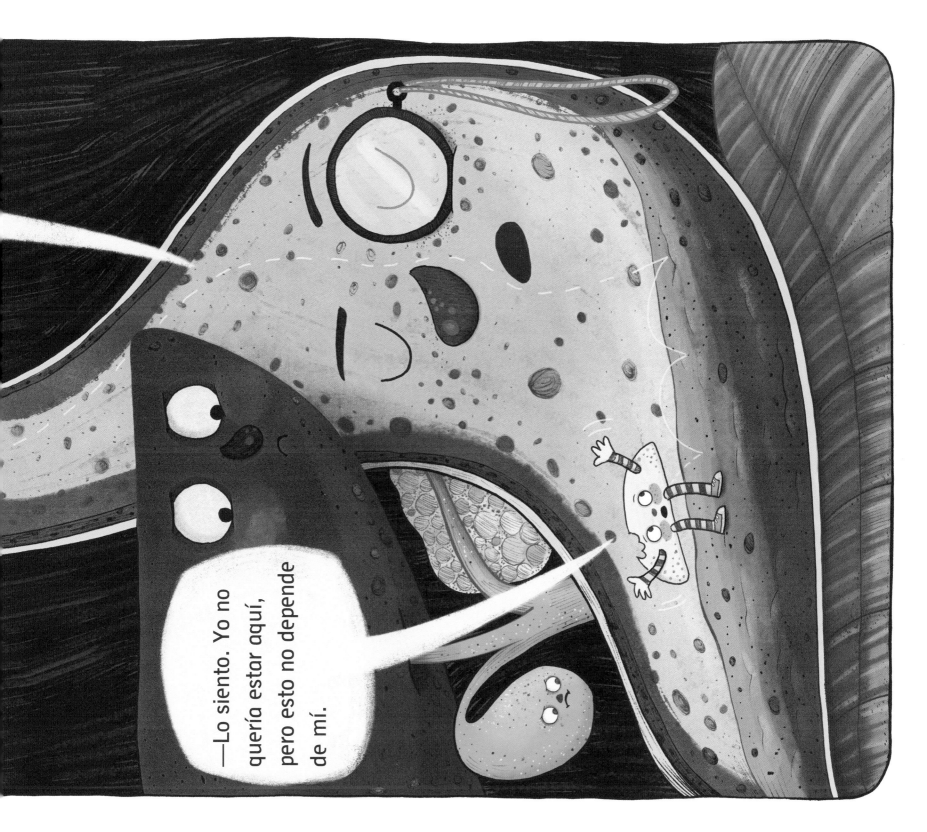

Mientras tanto…
Sara sigue mordiéndose las uñas
en la clase de Matemáticas.

Cuando riega sus cactus.

Cuando observa las estrellas.

Y cuando sueña.

Sara se encuentra con uñas alegres, deportistas, valientes y optimistas. Con uñas científicas, lectoras, bomberas y soñadoras. Con uñas creativas, musicales, aventureras y extraordinarias.

De pronto...
—¡Ay! —exclama Sara.
Ensimismada en sus pensamientos se muerde un dedo.

—¡Qué daño! —protesta el índice.
—¡Ya estamos hartos de tanto mordisqueo! —se queja
el meñique—. ¡Vivan las tijeras! ¡Vivan los cortaúñas!

Una tarde llega la abuela...

Siempre viene cargada de risas, juegos y conversaciones infinitas.
Esta vez trae un regalo inesperado.

—¡Qué ilusión! —exclama Sara mientras le da un gran abrazo.

—¡Ábrelo, te va a encantar!—responde su abuela.

Sara tiene unas ganas locas de abrir su regalo. Arranca el papel
y el enorme lazo que rodea la caja.

—¡Una tarta! —exclama la pequeña muy contenta.

—Espero que te guste. ¡Es de fresas y uñas recién cortadas!

La sonrisa de Sara se desvanece al escuchar el segundo ingrediente de la tarta.

—¿Qué? —pregunta escandalizada—. ¿Uñas recién cortadas?

—¡Exacto! Sabía que ese ingrediente especial te iba a sorprender.

Sara no quiere disgustar a su abuela diciéndole que eso de las uñas recién cortadas le parece un poco raro. La ve tan emocionada...

—Verás, abuela, no sé si debo comer esta tarta.

—Vamos, solo quiero que la pruebes. ¿Harás eso por tu querida abuelita?

—Mejor dentro de un rato. Ahora podríamos jugar a ser arqueólogas, animales prehistóricos o incluso construir un castillo en el jardín. Sara le propone a la abuela mil ideas con tal de no comerse la tarta de uñas recién cortadas.

Pero su abuela insiste una vez más:

—¿De verdad que no quieres probarla? Estas uñas son únicas, las conozco bien.

Sara ya no puede más y grita desesperada...

—Abuela ¿cómo se te ocurre regalarme una tarta de uñas recién cortadas? ¡Las uñas no se comen!
—Pensé que te gustarían, como te las muerdes todo el día.

Sara se da cuenta de que la abuela tiene razón. De pronto, le pica la curiosidad...

—Abuela, ¿de quién son las uñas?

—¡Son tuyas! Tu madre las recogió y tu padre decoró la tarta con ellas. ¡Los dos querían darte una sorpresa!

El estómago de Sara se revuelve y todo le da vueltas.
—¡Me mareooo! —exclama mientras se recuesta.
Enseguida se queda dormida.

De pronto...
—Sara, ¡despierta! —le pide su madre.

—¡Arriba, dormilona! —bromea su hermano.

—¡He soñado con la abuela! ¡Me regalaba una tarta de uñas! —exclama nerviosa.

—¿En serio? Es una buena idea para escribir un cuento —comenta su padre entre risas.

Sara afila su lápiz favorito y escoge una libreta nueva. Está decidida a escribir su propia historia. El viaje será emocionante. Pero antes debe hacer algo muy importante…

¡Usar el cortaúñas!